LE

PARTI DES GRENOUILLES

LES GERNOUILLES QUI DEMANDENT UN ROI

(Extrait de LA CLOCHE du 30 décembre 1871.)

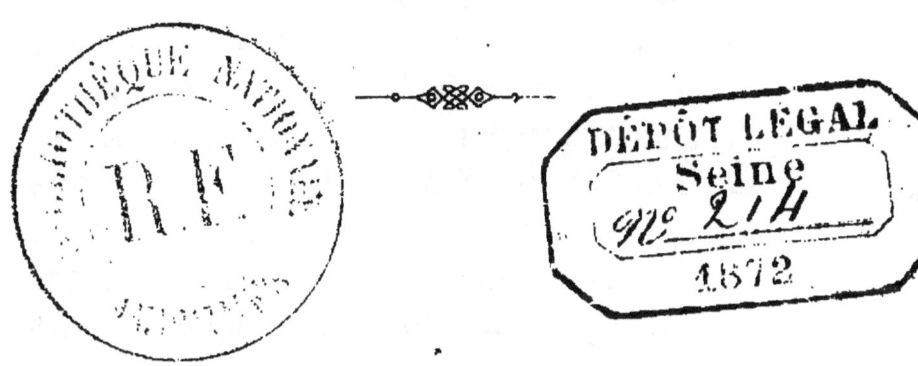

PARIS

IMPRIMERIE DE DUBUISSON ET Cᵉ

5, RUE COQ-HÉRON, 5

—

1872

LE

PARTI DES GRENOUILLES

LES GRENOUILLES QUI DEMANDENT UN ROI

Jean Lafontaine est un bonhomme qui vivait il y a quelque deux cents ans et de son métier faisait des fables. Une grande dame du temps, qui daignait le protéger, l'appelait amicalement mon *fablier*, comme elle aurait dit : mon pommier, mon pêcher : tant le bonhomme produisait naturellement des fables, j'allais dire des pommes et des pêches.

Dans ses récits familiers, il faisait parler les bêtes, en leur prêtant nos travers et nos vices ; c'était le seul moyen d'atteindre les gens, qui n'auraient pas volontiers souffert sur eux-mêmes les traits de la satire, mais qui ricanaient en les voyant décocher sur les personnages à quatre pattes.

Il avait ainsi réuni toute une ménagerie, d'où il tirait, selon les caprices de son humeur, tantôt le renard, le singe, le dindon, l'âne, le loup, spécimens peu flatteurs de la fourberie, de la malice, de l'orgueil, de la bêtise et de la cruauté humaine.

Tantôt *le lion*, ce roi des animaux, qui laisse faire, le bon sire, quatre parts de la proie conquise en société avec la génisse, la chèvre et la brebis, mais les prend toutes les quatre l'une après l'autre.

« ... La première en qualité de sire.
« Elle doit être à moi, dit-il, et la raison,
   C'est que je m'appelle lion ;
   A cela l'on n'a rien à dire.
La seconde, par droit, me doit échoir encor ;
Ce droit, vous le savez, c'est le droit du plus fort.
Comme le plus vaillant, je prétends la troisième.
Et si quelqu'un de vous touche à la quatrième,
   Je l'étranglerai tout d'abord. »

Ce sont là raisons de roi. Ne les oublions pas au moment où les hommes qui se disent les seuls sages, les seuls prudents, les seuls conservateurs, prétendent nous replacer sous la griffe et la dent de la royauté.

* *

Le fabuliste aimait à mettre en scène la grenouille :

Bête vaniteuse, qui, voulant se faire aussi grosse que le bœuf,

S'enfla si bien qu'elle creva.

Bête peureuse, tremblante devant le liè-vre, qui s'écrie :

Je suis donc un foudre de guerre !
Il n'est, je le vois bien, si poltron sur la terre,
Qui ne puisse trouver un plus poltron que soi.

Bête perfide, qui promet au rat l'hospita-lité, puis

Contre le droit des gens, contre la foi jurée,
Prétend qu'elle en fera gorge chaude et curée.

Bête inconstante, remuante et bavarde,

ne sachant que frapper l'air de ses éternels coassements :

Brekekek, coax, coax, brekekek,
Coax, coax, brekekek ....

Et, lasse de vivre en république, demande à Jupiter un roi

Qui la croque, qui la tue,
Qui la gobe à son plaisir.

Cette dernière fable a deux siècles, on pourrait dire vingt siècles et plus, car Lafontaine l'avait empruntée à Phèdre et à Esope. Mais elle semble écrite d'hier, et c'est vraiment un morceau d'histoire contemporaine. Ecoutez :

***

Les grenouilles se lassant
De l'état démocratique,
Par leurs clameurs firent tant
Que Jupin les soumit au pouvoir monarchique.

Les voilà bien, les niaises, les écervelées, qui veulent quand même et sans savoir pourquoi, changer d'état. Trop heureuses de s'ébattre en liberté dans leurs marécages, elles demandent un maître, et elles étourdissent si bien de leurs clameurs le bon Jupin, qu'il finit par céder.

Vous avez reconnu nos royalistes d'aujourd'hui. Par un procédé renouvelé des grenouilles, ils s'égosillent à crier partout qu'il nous faut un roi. Brekekek, coax ! coax ! Cela veut dire : Vive le roi !

Mais, pour faire une royauté, il faut un roi, comme pour un civet un lièvre. Or, ils n'ont pas de lièvre, ou plutôt ils en ont trois, et ils ne savent lequel accommoder ; il y a le vieux lièvre blanc qui vient de glisser entre leurs mains et qui ne veut pas se laisser reprendre ; le lièvre tricolore de 1830, lièvre madré sorte de lapin savant, qui se dresse sur les pattes et fait des mines aux bourgeois ; puis le lièvre moustachu du 2 décembre, moitié noir, moitié rouge, comme qui dirait un démagogue vêtu d'une soutane.

Rassurons-nous :

A courir deux lièvres à la fois, on n'attrape rien.

Donc, moins encore si l'on en court trois. Aussi le bon Jupin, qui céda beaucoup trop

facilement aux grenouilles, enverra promener
leurs bruyants mais maladroits plagiaires.

⁂

Il leur tomba du ciel un roi tout pacifique :
Ce roi fit toutefois un tel bruit en tombant,
    Que la gent marécageuse,
    Gent fort sotte et fort peureuse,
    S'alla cacher sous les eaux,
    Dans les joncs, dans les roseaux,
    Dans les trous du marécage,
Sans oser de longtemps regarder au visage
Celui qu'elles croyaient être un géant nouveau.
    Or c'était un soliveau.

Un soliveau ! comme qui dirait une bûche, une bûche royale, dorée, armoriée, qui
ne pouvait faire aux innocentes ni mal ni bien.

Ce soliveau, vous le connaissez, c'est le
roi constitutionnel, que 1830 nous avait pro-
mis et qui ne voulut ou ne put pas se tenir
en équilibre sur la charte, qui fit une chute
en 1848 et, comme l'a dit du grand cavalier
corse le poëte des *Iambes,*

    Du coup se cassa les reins.

Etre roi-soliveau, c'est dur pour un homme qui se sent quelque chose sous le crâne. Aussi n'y a-t-il qu'un sot qui puisse accepter ce rôle de zéro à l'engrais. Pourtant nous avons aujourd'hui des candidats, quelquefois un peu honteux du triste personnage qu'ils jouent, mais que pousse et encourage la gent marécageuse, affolée de sottise et de peur.

Un roi constitutionnel ne peut être qu'un sot ou un fripon : un sot, s'il reste soliveau; un fripon, s'il veut cesser de l'être. Je dis fripon et ce n'est pas assez, c'est traître et parjure qu'il faut dire, car il ne peut, sans trahir son serment, usurper les droits du peuple, qu'il a juré de respecter.

Donc, rectifions le dilemme : Ou un sot ou un traître.

*
* *

Mais la royale bûche n'effraya pas longtemps le peuple des grenouilles. Et voici ce qu'il advint du soliveau :

De qui la gravité fit peur à la première,
        Qui, de le voir s'aventurant,
        Osa bien quitter sa tanière.

Elle approcha, mais en tremblant.
Une autre la suivit, une autre en fit autant :
Il en vint une fourmilière,
Et leur troupe à la fin se rendit familière
Jusqu'à sauter sur l'épaule du roi.
Le bon sire le souffre et se tient toujours coi.
Jupin en a bientôt la cervelle rompue :
Donnez-nous, dit ce peuple, un roi qui se remue!
Le monarque des dieux leur envoie une grue
Qui les croque, qui les tue,
Qui les gobe à son plaisir.

Vous l'avez voulu, ô grenouilles ! et je ne saurais vous plaindre. N'êtes-vous pas allées en fourmilières pressées porter vos millions de bulletins dans les urnes plébiscitaires ?

Cette grue féroce, qui déjà, aux jours néfastes de Décembre, avait porté le carnage dans vos rangs, ne l'avez-vous pas soutenue de vos clameurs ? N'avez-vous pas encouragé tous ses appétits, flatté tous ses instincts, amnistié tous ses crimes, déifié tous ses vices ?

On dit qu'aujourd'hui encore, ô nation sans cervelle, il y a de tes enfants dégénérés qui seraient prêts à courir au-devant de la cruelle bête !

Mais non ! c'est mensonge et blasphême !
Il y a de ces hontes que nul être vivant n'est
capable d'affronter.

*
* *

Allez donc vous lamenter. Jupin rira de
vos pleurs.

> Et les grenouilles de se plaindre,
> Et Jupin de leur dire : Eh quoi ! votre désir
> A ses lois croit-il nous astreindre ?
> Vous avez dû premièrement
> Garder votre gouvernement ;
> Mais, ne l'ayant pas fait, il vous devait suffire
> Que votre premier roi fût débonnaire et doux.
> De celui-ci contentez-vous
> De peur d'en rencontrer un pire.

Ici, je ne suis plus de l'avis de Jupin ; se
résigner à être croquées, tuées, gobées au
bon plaisir de la Majesté Royale, c'est bien
dur pour les pauvres grenouilles, et je ne
vois pas ce qu'elles pourraient trouver de
pire.

Laissez donc Jupin qui vous abandonne,

et cherchez un secours en vous-mêmes ; il suffit de vous souvenir et de vouloir ; vous étiez dans l'état démocratique, revenez-y.

* * *

Nous y sommes revenus, ô citoyens de France ; nous avons encore une fois reconquis notre liberté, gardons-la fièrement et sachons la défendre.

S'il en est qui veulent un maître, soliveau ou grue, ils n'ont pas le droit de vous l'imposer, et ils n'oseront pas le tenter. Divisés entre eux, ils sont impuissants à faire le mal ; ils en sont réduits à pousser de vaines clameurs, comme le peuple des grenouilles, vers le monarque des dieux.

Ils sont coalisés contre la République et ils brûlent de la détruire ; mais, par une bizarre punition du destin, ce sont leurs trois prétendants eux-mêmes qui font bonne garde autour d'elle : Si l'un d'eux voulait mordre, les deux autres le dévoreraient.

Où veulent-ils en venir ?

Tous ces sages ne sont-ils pas des fous ? Tous ces prudents des casse-cou ! Tous ces conservateurs des hommes de désordre ?

Ils sont sans pitié pour la patrie deux fois écrasée par le Prussien et par la Commune. Leur égoïsme est féroce; au milieu des ruines de la France, ils ne songent qu'à leur ambition ou à leur intérêt.

La République, qui devrait être à tous, est dans leurs mains, et cela ne leur suffit pas. Chacun des trois veut avoir la France pour lui seul, comme sa chose, comme son bien pour l'exploiter sans partage.

Ils ne l'auront pas !

***

Aucun de ces débiles soupirants n'est de force à t'étreindre et à te posséder, ô noble France. Sous le drapeau sacré de la République, tu n'as rien à redouter de tous ces serviteurs du passé. Laisse se morfondre et geindre tous ces vieux courtisans édentés, éreintés, se consumant dans leurs passions séniles, et devant bientôt, comme des lampes sans huile, s'éteindre d'eux-mêmes.

Et nous, les jeunes, les forts, unis pour la sainte cause, les mains fraternellement serrées, les yeux vers la lumière, faisons le cercle autour de tous ces bonshommes qui s'agitent et se démènent.

Regardons en riant toutes ces grenouilles dans leur marécage, sautillantes, coassantes, en proie à de comiques fureurs contre Jupin qui ne les entend plus.

Brekekek, coax, coax, vive, vive le roi !

C'est leur cri de guerre, le cri de guerre du grand parti monarchique.

Souvenez-vous de son nom :

C'est le *Parti des Grenouilles*.

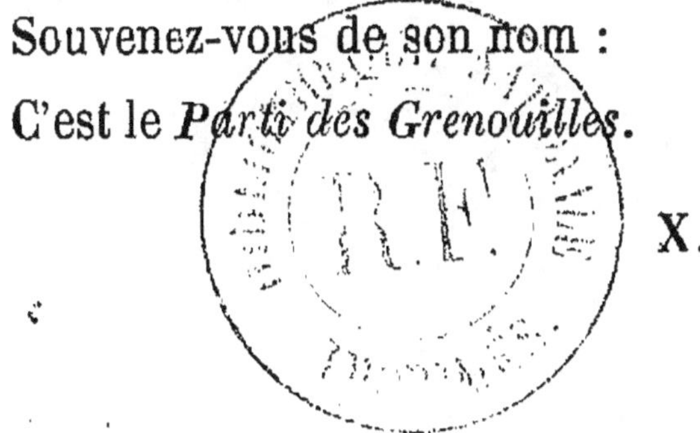

X.

Paris. — Imp. de Dubuisson et C⁰, rue Coq-Héron, 5.   1954

LA CLOCHE

JOURNAL POLITIQUE, QUOTIDIEN

Rédacteur en chef : LOUIS ULBACH

ADMINISTRATION : PARIS, RUE COQ-HÉRON, 5

Les Abonnements partent des 1er et 16 de chaque mois.

PARIS :		DÉPARTEMENTS :	
Un mois.......... 5 »		Un mois.......... 6 »	
Trois mois........ 13 50		Trois mois........ 16 »	
Six mois.......... 27 »		Six mois.......... 32 »	
Un an .... 51 »		Un an........... 64 »